詩集

愚青

増補改訂版

川口 守

せせらぎ出版

詩集

愚　青

増補改訂版

煙雨《あめ》は
叢《むら》がる　緑の
拙《つたな》さを
徐《しず》かに々かに
解《ほぐ》しはじめた

街の　裏手の
坂道に
帰ってきたのは
あの
赤い　傘の子　。

「厭離峠」

能登の

海へと

懸《か》け墜《お》ちる

猿山道の　左斜面、

樹々を透《す》かした
その反照の　あまさと
一輪草※の　誇らしさ　、

門前町（現在、石川県輪島市）深見地区の復旧を祈り、
三十三年前、「灯台はあっちぃーっ！」と教えてくれた少女に。
'07・4・30

※ *Anemone nikoensis*

合わされた
阿修羅の　掌《て》
無言の　刻《とき》

奈良　興福寺にて

「彼岸」

畳へ
ころりと
寝かえろう

昭和五十年九月

縄文の　朝
雨は　あがり
※クレナータの
花序が
滴《しず》くだつ

臨月を 迎えた
若き
母の
眥《まなじり》の 尖《さき》

※クリ…*Castanea crenata*

三ノ窓は
剱の北へと
衝《つ》きあがり
※タムシバの
香りの　なか

青き
愚かな
男ひとり

仙人新道にて

※ニオイコブシ…*Magnolia salicifolia*

「日々」

蜘蛛の糸が　顔に貼《つ》く
夏へ　向かう日
凍《い》てた　鏡に
醜い面《かお》の　映る日

昭和五十一年

ふざけあい
はしゃぎあって、
漂《ただよ》い　籠《こも》る
金木犀※の　宵

昭和五十二年

※キンモクセイ…*Osmanthus fragrans*
var. aurantiacus

禱《いの》りの 風は
※Japonicaを 撫で
※稈《かん》葉の
浪打つ 午後

※ *Oryza Sativa*
Subsp
Japonica

※出穂前の
稲の茎と葉

遠き　※板付《いたづけ》から
歩み　来る
素足の　彼の
仄《ほの》かな　笑《えみ》

'12・7・26

※福岡市博多区の
板付遺跡

雲霧を纏《まと》い
※姫沙羅《ヒメシャラ》は艶く、
その　露わな肌に
頬を　浸せば、

屋久島・新高塚小屋のヒメシャラに

※ *Stewartia monadelpha*

蜩《ヒグラシ》の　余韻も畢《つ》きた
石徹白《いとしろ》の　森
一切を宿し　主が樹つ　、

岐阜県白鳥町石徹白にある
推定樹齢１８００年の大スギに

司馬遷・史記　巻118「淮南衡山例伝」の　除福を推し、

秦皇帝を　欺き
※琅邪《ロウヤ》を　亡《のが》れ
※漢拏《ハルラ》に　到り

※山東省南東部にあった琅邪郡。

※済州島の漢拏山。

更に
東漕すること
僅かに　八日
※方士《ほうし》の術の
総べてを　授かり

※占術などを用いて
不老長寿を求める道士。

一羽の　鵜を抱《いだ》き

童女は

※暖竹《ダンチク》の浜に

降り立つ

山口県　土井ヶ浜遺跡にて

※ *Arundo donax*

やはり〝天の もの〟
明星は 槍の
斜め 直上

〝天のもの〟新田次郎・槍ヶ岳開山より
8月7日 午前4時 快晴 笠ヶ岳にて

礫道《れきみち》を
往《ゆ》く
紅人《くれないびと》の
像《すがた》に　化して

靡《なび》け　々けよ

※稚児車《チングルマ》

三俣蓮華〜黒部五郎

※ *Geum pentapetalum*

キレットを
彷《さまよ》う
魂たちが
染めたのか、

〝凛碧《りんぺき》〟という

名の

※
深山苧環《ミヤマオダマキ》

鹿島槍～五竜　八峰キレットにて

※ *Aquilegia flabellata var.* 〝*rinpeki*〟

※飯豊竜胆《イイデリンドウ》の花言葉
『悲しみを越えて』に

悲しみは
五枚の裂片に
転《うつ》し

※ *Gentiana nipponica*
var. robusta

また　ひとつ
梅花皮《かいらぎ》の
頂《ピーク》を
越えよう

'09・8・6

魏志倭人伝・正始元年（二四〇年）※梯儁《ていしゅん》、倭國に詣《いた》る

その日も
※豫樟《よしょう》の　花は
はらはら　と
陸行の

※クスノキ…*Cinnamomum camphora*

魏國の　人の
頭巾にも
零《こぼ》れ　落ちたか　。

※梯儁《ていしゅん》…日本に来た中国人で名前の
わかる最初の人物。

一月の雨は
茫々と
城《グスク》の　石に降る
按司《アジ》※の末裔たちの

※城（グスク）を居城とした
地方豪族の称号

長き睫《まつげ》は
伏せられたまま
※ジャーガルの土が
濘《ぬか》るんでゆく

'11・1・10 中城《なかぐすく》城址にて

※沖縄本島南部などに分布する
灰色でアルカリ性の土壌

昭和四十九年の夏　牧野上島町で

蟬の　骸《むくろ》が
乾いてゆく
夏の　絶頂《orgasm》。

櫓《やぐら》の　周りを
女《ひと》に　連なり
なきながら　踊る　。

「入道雲だぁぁーっ、
　ほらぁーっ!!」

喋れぬ　娘《こ》よ、

三輪車の　坊よ、

いつも
ひとりの
少女《こ》よ、

昭和四十九年の夏

山高神代桜に

散りゆく
花弁に託す
悠か千載の
春の日の記憶

「巌塊《いわくれ》に
ふたたびの萠
※立彼岸」
ふりむけば甲斐の駒ヶ岳

※ *Cerasus itosakura*

「転生」

吾等、復《また》
※天燕《アマツバメ》の番《つがい》となり
彼《か》の峻崖《しゅんがい》に
巣作《すく》ひ

永劫《えいごう》の天《そら》を
曳き剖《さ》かむ

西穂独標　付近

※アマツバメ…*Apus pacificus*

明治四十年（一九〇七年）七月、人跡未踏であったはずの
劔の頂に立った陸地測量隊が見たものは、錫杖の頭と槍の穂の鉄剣

少年を
誘いつづける
錫杖《しゃくじょう》の響き

仰ぎ睨む　稜線に
千年の　時を更《へ》て
雲が涌く

’13・8・15 早月尾根2800m付近

「Albiflorus《白い花の》 Duo《デュオ》」

※遠《とお》つ飛鳥《あすか》を　背に
※当麻《たいま》の坂を越へ
喘ぎつ望む
※茅渟《ちぬ》の水面の気怠さ

※明日香村にあったとされる允恭天皇の宮。

※大和と難波を結ぶ竹内街道。

※現在の大阪湾。

伊予への途《みち》の
※軽大郎女《かるのおおいらつめ》が訪《と》う
和泉の宮に
鬘《かずら》も挿さず
儛う※弟姫《おとひめ》の

※古事記に謂う衣通王《ソトホリノミコ》。

※日本書紀に謂う衣通郎姫《ソトホシノイラツメ》。

手向ける比礼《※ひれ》は
あまだむ軽の
項《うなじ》を覆い
眉に溢《あふ》る
双《とも》の愛《かな》しみ

※別れを惜しむ時などに振る、頸から肩へ垂した長い薄布。

贈一首

風《かざ》なかの
白き佐由利《※さゆり》の
王《みこ》なれば
比礼も靡《なび》かね
衣通が野に

※ *Lilium japonicum*

「ヒュッテ（Hütte）」

昭和二十七年の夏
駒※の王子を過ぎた付近《あたり》
時刻は
午後の二時を回っていたが
直射を遮る山毛欅《ぶな》の林に
さほどの疲労感はない　、

※鳥海山の三合目。

錫杖の調子に乱れもなく
標高はすでに1,000ｍを超え
行者は暫くして沼の畔《ほとり》に出た
。
手甲《てっこう》で額を拭えば
水面に映る
錐形の峰と
幽《かす》かな鳥の囀《さえずり》

口を付けた水筒に
一合ほどの水を残し
祓川《はらいがわ》へ、
雪渓を擁《いだ》いた鳥海を正面に臨む
広々とした湿原
その傍らに
戸を開け放したままの
武骨な小屋 、

待っていたのは管理人の康さん
窓の外の
青いドラム缶を指差し
「いい湯加減だから!!」と
屈託もなく笑う彼の
左足は義足。
満天星の下　濁酒《どうだん》を酌めば

ランプの灯に
頬が緩み
行者は訥々《とつとつ》と語り始めた　。
広島の出身で
復員してみれば
壊滅した街に
唯一人の知己や身寄もなく

只々　、呆然と
立ち尽くしていたこと　、
四年前　、高野山に入り
全国行脚の願を立て
成就したなら
薬草の免許を貰えることなど　。
相槌を打っていた康さんも
軍隊で満州に渡り　、

終戦の前の年の六月
転戦した沖縄の激戦で
　左足を失い、
怨み切れない月日が続いたことを。
「でもなぁー、此処にいると
　そんな俺の
怨みの塊《かたまり》のようなものが
溶けてゆく気がするんだ……」

行者は康さんの顔を見ながら
静かに肯《うなづ》き
「了《わか》ります……
この素晴しい林野に囲まれ
美しい山と
対《むか》い逢《お》うておられますから」。

快晴の朝

発《た》とうとした行者は
足下の三槲※に目を留め
健胃薬であると伝え、
湿原を抜け
タッチラ坂に消えて行った。

タッチラ坂を　行く
白き背中よ、

※ミツガシワ…*Menyanthes trifoliata*

もう　怨むな
もう　憎むな
その　念《おもい》は
稜線の
風に昇華する

佐藤康　著『ひとりぼっちの鳥海山』より

「誼《よしみ》の材」

※熟田津《にきたづ》を発ち
百日と余り
遣《つか》いの船は
今
※錦江《クムガン》を溯《のぼ》り　※熊津《ウンジン》へ

親書に記す
『庚※子年四月
男※大迹在弟※国宮
賛斯※麻王功
献※真木四材
各周二尋※長三尋』

『庚子《かのえね》の年の四月
男大迹《おほど》は弟国宮《おとくにのみや》にあって
斯麻《シマ》王の功を賛《たた》え
真木《まき》四材を献《けん》す
各《おのおの》　周《まわり》二尋《ふたひろ》長三尋《みひろ》』

※熟田津《にきたづ》…伊予の道後温泉付近にあったとされる停泊場所。

※錦江《クムガン》…韓国第三の河川で河口は白村江に推定されている。

※熊津《ウンジン》…宋山里古墳群・武寧王陵のある忠清南道公州市。

※庚子《かのえね》年…西暦520年。

※男大迹《おほど》…継体《けいたい》天皇。

※弟国宮《おとくにのみや》…京都府長岡京市にあったとされている。

※斯麻《シマ》王…百済の武寧《ブネイ》王。

※真木《まき》…コウヤマキ※。王族が棺の材に使用した
　わが国特産の常緑針葉高木。

※尋《ひろ》…一尋《ひとひろ》は約1.5ｍもしくは1.8ｍ。

※ *Sciadopitys verticillata*

「淡海残影」

※蒲生野《ガモウノ》ニ
※鹿茸《ロクジョウ》無ク
※靫《ウツボ》ノ 矢羽根ハ
虚シク 乱レ

※滋賀県蒲生郡あたりか？
※鹿の新しい袋角・強壮剤。
※矢を入れて腰に付ける円筒状の籠。

蹄《ヒヅメ》モ　重ク
湿泥ニ　搦《カラ》む
群臣
驟雨《シュウウ》ノ
瀬田ヲ※　渡リ

※瀬田の唐橋。のちに壬申の乱の決戦地となる。

弊々トシテ

錦織※ニ　到ル

葦影《イエイ》ノ　浜楼《ヒンロウ》

杯杓《ハイシャク》

皇胤《コウイン》※ヲ　巡リ

※大津宮のあった大津市錦織《にしこおり》。

※皇位の継承者。

※額田《ヌカタ》
※武良前《ムラサキ》ヲ　歌フ
答ヲ　迫マル
※葛城《カツラギ》ニ
※大海人《オオアマ》　折レテ
※人嬬《ヒトヅマ》ヲ　吟セバ

※額田王《ぬかたのおおきみ》。大海人皇子の妻であったが、天智天皇の後宮に召されたという説も。

※万葉集20
茜さす　むらさき野ゆき
しめ野ゆき……

※葛城《かつらぎの》（中大兄《なかのおおえの》）皇子《みこ》。天智天皇。大海人皇子は実弟。

※大海人皇子《おおあまのみこ》。のちの天武天皇。

※万葉集21
……人嬬ゆえに吾恋めやも

諸王　喝采シ
宴ハ　極マリ
※大友《オオトモ》ノ呵々モ
甲高ク　響ク
辛酒ノ　大海人

※大友皇子《おおとものみこ》。天智天皇の長子で
天皇の後継と目されていた。

長槍ヲ　振リ
床板ヲ　貫ク
葛城　激シテ
欛《ツカ》ヲ　握レバ
※中臣《ナカトミ》
割リテ

※中臣（藤原）鎌足。

執リ為シ
免ジテ
席ヲ　開ク

湖面謐々

波　微動ス

大津市歴史博物館編集発行
『よみがえる大津京』より

沖森拓也
佐藤信
矢嶋泉
共著『藤氏家伝』より

なに
ひとつ
擁《まも》る　ことの　できぬ

瘦《こ》けて
寄辺《よるべ》ない
十二月の　肖像

天平勝宝三年（七五一年）　初萩の日
越中を離る大伴宿祢家持に託せる歌一首

塗《と》飾《しょく》なる
盧舎那仏にぞ
奉《まつ》らばや

越《こし》　剱嶺《たちやま》の
巌《いわ》の神佐備《かむさび》※

※万葉集四〇〇三
……伊波能可牟佐備

'13・8　早月川伊折橋にて

佐伯真魚、若き日の空海に

跨《また》げるほどの
流れ
掬《すく》い呑んだ
水は
腑《ふ》奥《おう》に沁む

深く　大きく
息を調え
真魚は
いま
幽地に入る

高野山にて

―ゆい へ―

雨は
おまえの　ために
空を
こんなにも

洞《ふか》く
しておいて
くれたぞ　。

―子葉へ―

きみの
頬笑みは
刹那さの

向後《むこう》に
までも
達《とど》いているぞ。

―曜穂へ―

やがて
吹く
煌《きら》めく　風の

中にこそ
きみは
起《た》て。

碧巌録　第四十則

南泉一株花・※雪竇《せっちょう》が頌に係けて

山河不在鏡中観

弥天耿々仰首誰

山河は鏡中に在って　観《み》ず
弥天《みてん》は　耿々《こうこう》として
仰首するは　誰

※雪竇重顕《せっちょうじゅうけん》…明覚大師（九八〇～一〇五二年）

坂道を
あがろう

かなしみは

おわる。

「丹紐《あかひも》の靴」

三度、底《ソール》を貼り替え
過《よぎ》ってきた数多《あまた》の崩礫《ガレ》
雪渓の彼方に

山塊の霞む　穏やかな日
茜《アカネ》※群れる標柱の　傍
猿田彦が　賀《ねぎら》う
婦《つま》の登山靴

’18・7・20越後駒ヶ岳にて

※ *Sympetrum frequens*

寛《ゆる》やかな　照度は
展葉を　促し
疎生する　※ブナの林に
根開きが　漸《すす》む

※ *Fagus crenata*

彼女は
幹に
耳を
当てたまま

雨飾のブナ林にて

あとがき

酒の味も判らぬまま酔いどれて
黒のボールペンで
やみくもに綴りつづけた拙さ
伴に暮らしはじめた二十歳の頃
「あなたの為に
　生きると言うのは
　偽りだから
　苦《く》多《た》びれた
　僕の靴は
　乾いた小石を

蹴るだけです……」と

青のインクで記し
以来
年にひとつにも満たないペースで
書きとめてきた思い
それをあと幾つ青い文字に
換えることができるでしょう?

二〇一九年　初夏

川口　守

●装幀――仁井谷伴子

詩集　愚青　増補改訂版

2019年6月20日　第1刷発行
定　価　本体1200円＋税

著　者　川口　守
発行者　山崎亮一
発行所　せせらぎ出版
〒530-0043　大阪市北区天満1-6-8 六甲天満ビル10階
TEL. 06-6357-6916　FAX. 06-6357-9279
郵便振替　00950-7-319527
印刷・製本所　亜細亜印刷株式会社

 ISBN978-4-88416-269-6

せせらぎ出版ホームページ　http://www.seseragi-s.com
メール　info@seseragi-s.com